8 baljer

Flyvehavre

Forskelligt skriv

af

Henrik Neergaard

FSC
www.fsc.org
MIX
Papir fra
ansvarlige kilder
Paper from
responsible sources
FSC® C105338

Flyvehavre Nr. 8

Forlag: BoD · Books on Demand GmbH,

In de Tarpen 42, 22848 Norderstedt, Tyskland

Tryk: Libri Plureos GmbH, Friedensallee 273,

22763 Hamborg, Tyskland

ISBN: 978-87-4306-007-9

Englænderen

Han er lige kommet med rutebåden sammen med de andre turister. Til den her ferieø i det græske øhav. Som ikke er så turistet endnu. Mere ægte og oprindelig, har han fået at vide.

Han er 25, biolog fra England. Han er kommet hertil, fordi øen er kendt for sin store rigdom af små øgler og firben i forskellige arter. Han håber at få materiale til sin PhD-afhandling om en habitat, hvor de små øgler udgør en dominerende del af dyrelivet.

Det var i formiddags, han kom. Tjekkede ind på sit hotel.

Har siddet længe over sin frokost på en udendørs café. Set lidt på folkelivet, som det kaldes. Nok mest med turistens blik.

Nu går han hen for at se på en af de lokale traditioner, der nævnes i alle guidebøgerne som et must see. Øglemarkedet. Han læser lidt om det i sin medbragte guidebog.

Han er nu ikke bare en almindelig turist. Biolog. Med speciale i firben og små øgler. Fra England. Han har planlagt at blive her en måneds tid. Måske to. Finde ud af mere om øglerne som øen er kendt for. Der skal være usædvanligt mange små øgler her på øen.

På markedet ser han en kvinde, der køber ind. Hun er ca 45. ikke køn, heller ikke grim. Noget ved hendes ansigtsudtryk fanger hans opmærksomhed. Ved ikke hvad. På den ene underarm en lille klodset tato, hvor der står tre græske bogstaver med en lille prik imellem. Det er en gammel falmet tatovering. Han ved ikke, hvad det betyder. Hun har et sørgmodigt blik. Selv når hun smiler til en af de handlende og spørger om prisen på en vare.

Øglemarkedet

Det foregår altså på en lille græsk ø. Eller måske en lidt større ferieø. Et sted i Middelhavet. Masser af turister. Mange af dem valfarter hen til en af øens urgamle traditioner, det ugentlige øglemarked, hvor firben i deres bure bliver sat til salg. De - eller rettere sagt, deres forfædre - er engang blevet indfanget ude i det tørre, støvede, klippefyldte landskab, ude i bjergene med deres sparsomme bevoksning af græs og buske og små træer. Men nu bliver de holdt som en slags kæledyr. Eller i hvert fald i fangenskab, fremavlet i århundreder i en bestemt race. Lidt ligesom, når vi holder hamstere og undulater og kanariefugle i bure. Lidt. Eller måske snarere, som når vi fremavler en bestemt en bestemt race af køer og grise. Øglerne på øen lidt større og kraftigere bygget end de firben, vi kender herhjemmefra.

Øen vrimler faktisk med øgler, altså ude i naturen, hvor de har det næsten for sig selv. Der er virkelig mange. Det fortæller alle. Det skyldes måske klipperne og den stenede, ufrugtbare jord, og det tørre, varme klima, som er godt for øglebestanden. Det er kun en lille del af øen, der er opdyrket, og øen er i øvrigt kun tyndt befolket, faktisk kun i den ene ende. Jorden er gold og stenet. Det meste er klipper. Det meste af den ret store ø ligger hen som næsten uberørt ødemark. Ikke engang fåreavlen har slået an her, i hvert fald kun i begrænset omfang. Der er næsten intet, man kan dyrke. Øens befolkning har i århundreder mest levet af fiskeri, i de senere årtier suppleret med turisme, der dog aldrig har gjort øen til et af de store og kendte turistmål. Men turismen udgør efterhånden en stor del af øens økonomi, der i høj grad er koncentreret om den største by med ca.

15.000 indbyggere, der ligger i den sydligste ende af øen. Det er mest der turisterne kommer. De 7-8 små fiskerlejer ligger også alle sammen langs sydkysten. Det er langs sydkysten de store badestrande er – og alle hotellerne og barerne og de attraktioner, som turisterne besøger. Øen har stadig et stort ry for oprindelighed og autensitet. Ikke mindst takket være øglemarkedet i den største by. Det ligger midt i den gamle bydel nær havnen. Det siges at være en lokal tradition, der går et par tusind år tilbage i tiden.

Øglerne har i virkeligheden det meste af øen for sig selv. Øen er adskilt i to dele af en dyb kløft med stejle sider, der går hele vejen igennem fra øst til vest. Den er omkring 100 meter bred og fyldt med klipper. Kløftens bund ligger i omkring 300 meters højde over havet. Det meste af øen, bortset fra sydkysten, er en slags højslette, der er mellem 900 og 1500 meter over havets overflade. Langs sydkysten er der en strimmel fladt land på 15-20 kms bredde og bagved den en lille bjergkæde med toppe op i 3000 meters højde og mange små og større dale. Det er kun området syd for bjergkæden, der er beboet. Det er her, de lokale bor, og det er her, turisterne kommer. Sydøen, som den bliver kaldt, er området syd for kløften, der går tværs over øen et par hundrede kilometer nord for bjergkæden. Området nord for kløften, der bliver kaldt Nordøen, er mindst dobbelt så stort, men helt ubeboet. Det er en klippefyldt ødemark, tæt på at være en ørken. Den er kun dårligt udforsket. Der findes ingen detaljerede kort over Nordøen. Den er ikke værd at beskæftige sig med. Der ville ikke engang være græsning til nogle får.

Selv området mellem den sydlige bjergkæde og op til kløften, der gennemskærer øen, ligger øde hen. Den er lige så gold og klippefyldt som Nordøen. Når de lokale taler om Nordøen og Sydøen, er det jo noget af en tilsnigelse, for det er blot to dele af den samme ø. Og kløften ligger faktisk så højt, så havet ikke har nogen muligheder for at trænge ind og dele øen i to for alvor. Så begreberne Nordøen og Sydøen skal nok mest understrege forskellene på de to halvdele. Sydøen er den beboede del, den kultiverede del, hvor menneskene bor, mens Nordøen er den vilde og kaotiske natur, hvor øglerne hersker. Ganske vist er der også mange øgler på Sydøen, men det er mest forskellige arter af små og lidt større firben. Det er menneskets verden, hvor der ganske vist også er plads til nogle firben, som man har tildelt en særlig rolle i forbindelse med øglemarkedet.

Men på Nordøen siges der at findes nogle større øgler. Flere arter i forskellige størrelser. De største af dem menes at være op til en meter lange. En slags kæmpefirben. Ingen ved, om de er rovdyr eller mere fredelige. De største af dem anses for at være meget sjældne. Der har i århundreder hersket et tabu mod at forsøge at indfange de lidt større øgler, som nogle mener findes på Nordøen. Man er bange for, at det vil ødelægge ideen med øglemarkedet, hvis de større øgler bliver indfanget og brugt i avlen af øglerne til øglemarkedet. Lokale avlere har gennem århundreder fremavlet en bestemt race af øgler til brug ved øglekampene på en af byens centrale pladser. Man håndhæver et strengt princip om at alle øgler, der kæmper mod hinanden ved disse øglekampe, skal være af samme art, race og opdrættet under ensartede forhold for at sikre, at de i udgangspunktet har mest muligt lige vilkår og dermed lige stor chance for at vinde. Hvis en anden art af lidt større øgler blev indblandet i avlen, ville det give disse nye øgler en helt unfair fordel i kampene. Fra officielt hold gør man alt hvad man kan for at benægte, at der skulle findes større øgler på Nordøen. Det afvises som opdigtede røverhistorier, som intet har på sig i virkeligheden. Det er kun i lidt tvivlsomme og nærmest hemmelige grupper, at man holder fast ved påstandene om de store øgler på Nordøen. Det er en slags undergrundsviden i nogle lukkede miljøer. Der findes da heller ingen billeder af de påståede store øgler. Den dybe, klippefyldte kløft og den barske natur på Nordøen afholder stort set alle fra at udforske den. Mange mener ligefrem, at der hviler en forbandelse over Nordøen, så det også af den grund er bedst at holde sig væk.

Hele den nordlige del er kun beboet af de 18-20 arter af firben og større øgler – som nogle hævder stadig findes, men betvivles af de fleste. Men den er ubeboet af mennesker, så der har ikke været nogen grund til at ofre penge på at anlægge veje eller stier eller bygge en bro hen over kløften. Al den smukkeste natur, der er flot og malerisk og tiltrækker turister, findes på sydkysten, hvor alt det der er interessant for mennesker er samlet, mens det største og bedste øgleterræn findes på den nordlige del. Men der er som nævnt også øgler på Sydøen. Masser af firben.

Og så er der alle de tilfangetagne øgler. Det er en tradition, der går langt tilbage i tiden. Århundreder, eller endog årtusinder, siger nogle. Helt tilbage til tiden før kristendommen, da lokale hedenske guder, en slags naturguddomme, mest kvindelige guddomme, blev dyrket af den lille befolkning på den dengang isolerede ø, der var uden forbindelse til fastlandet eller andre øer.

Nogle mener, at øglerne blev dyrket eller tilbedt som en del af den kvindedominerede kult eller religion, men ingen ved præcis hvilken rolle øglerne spillede i denne gamle religion. Men i hvert fald er det stadig en levende og nærværende tradition blandt øens indbyggere at holde små øgler – det vil sige firben, der altid bliver omtalt som øgler – i fangenskab i små bure. De fleste af dem er avlet i fangenskab. Der findes en slags øgle-kenneler eller øgle-stutterier, der opdrætter firben af bestemte racer, på nogenlunde samme måde og med lige så strenge krav, som når man andre steder opdrætter racekatte eller racehunde. De fornemste af disse øgle-stutterier kan føre stamtavlerne for deres øgler over 500 år tilbage i tiden. Men disse øgler er meget kostbare, så de fleste må nøjes med mindre.

Der opdrættes øgler – eller altså firben – til forskellige formål, hvor det først og fremmest er øglernes temperament, der gør forskellen og helt bevidst fremavles på den måde. Der findes således øgler med et mere sløvt og dovent temperament (familieøgler, der holdes som kæledyr i mange hjem). Der er øgler med et årvågent og meget opmærksomt temperament (vagtøgler) og nogle med et hidsigt, opfarende og aggressivt temperament (kampøgler). Der er også nogle typer af øgler, der er fremavlet til at have ekstra kraftige benmuskler, så de kan løbe hurtigt. Det er de såkaldte væddeløbsøgler.

De øglevæddeløb, der fra gammel tid afholdes på en af byens gader hver søndag eftermiddag, er blevet et tilløbsstykke for turisterne. Ligesom det i århundreder har været for den lokale befolkning, især den mandlige del, der ofte indgår væddemål og spiller på, hvilke af de mest populære favoritter blandt øglerne, der vinder. Der afholdes 16 løb hver søndag. Der er også en hel del kvinder blandt tilskuerne, især unge kvinder, der endnu ikke er blevet gift.

De kommunale kampøgler er et kapitel for sig. De anvendes i mange retssager. Dog ikke i straffesager. Men i private retssager og tvister eller uenigheder mellem to private parter, der ikke kan blive enige eller nå til et forlig. Hver af parterne får så tildelt en af de omkring hundrede kommunale kampøgler, der så skal kæmpe for vedkommendes sag mod den øgle, som modstanderen har fået tildelt. Den, hvis øgle vinder tvekampen, anses for at have vundet retssagen eller den strid, det drejer sig om. Det er ofte uenigheder om økonomi, overholdelse af aftaler, arvesager eller retten til jord eller anden fast ejendom. Disse afgørelser bliver næsten altid respekteret.

Det gælder også på andre områder. For eksempel, hvis en kvinde står mellem to mænd, og hun ikke kan bestemme sig for en af dem, og de begge to er lige opsat på at få hende, og de ikke kan nå til enighed, så bliver sagen ofte afgjort ved en øglekamp mellem to af de tilfældigt udvalgte kommunale kampøgler. Her, som i alle andre sager, lægges der stor vægt på, at de to øgler skal være tilfældigt udvalgt for at stille parterne lige. Den af de to bejlere, hvis øgle vinder kampen, får så ret til at gifte sig med den udkårne, hvis hun selv ønsker det. som regel har kvinden på forhånd tilkendegivet, at hun vil gifte sig med den, hvis øgle vinder. Dette system går langt tilbage i tiden og blev i sin tid indført for at forhindre de mange dueller om kvinder, der dengang hærgede øen. I vore dage foregår det ofte på tilsvarende måde, hvis det er en mand, der står mellem to kvinder, der begge vil have ham.

I et særligt kvarter nede ved havnen i den eneste større by, er der en del barer og restauranter, der mest besøges af turister, der gerne vil opleve øens eksotiske folkeliv. Her er der som regel optræden af sangere og musikere, der synger nogle af de ældgamle lokale sange, der dog ikke altid er helt så gamle, som turisterne får at vide. Her serveres også øens helt specielle traditionsrige madret, der består af noget stærkt krydret fars, der er formet som en øgle, og som steges på spid over åben ild, mens turisterne ser på det og kan indgå et lille væddemål om, hvis øgle, der først bliver stegt færdig og som derfor bliver belønnet med et gratis glas af den stærke lokale spiritus. Turisterne får naturligvis ikke at vide, at denne underlige madret først blev opfundet for omkring 25 år siden, da de første turister begyndte at komme til øen - og at ingen af de lokale ville drømme om at sætte tænderne i den slags.

PLAKATER

Under de gamle plakater

Er der endnu ældre

Under de lasede er der hele

(sommetider er det omvendt)

Tiden tærer stadig

Længere ind, længere ind

Hvis der ikke kommer nye

Ovenpå hele tiden.

Nogle gange sker det

At en af de øverste og nyeste
Bliver flået af
Og tager flere lag
Af de gamle med sig
Måske helt ind til den rå mur
Der pludseligt står blottet
Mens den tålmodigt venter
På en ny plakat.

Den der ikke har nogen plakat
Er ingen ting
Den der ikke er stemplet
ER slet ikke, siges det
Uden plakater intet navn
Uden navn ingen identitet.

Kom med en plakat
Så jeg kan reklamere
For et eller andet
Kom med en plakat
Skriger de alle
Giv mig et navn
Et eller andet
Så jeg ved hvad jeg er
Helst noget nyt og smart
Giv mig et stempel
Så jeg ved jeg er til.

Spergelmarken

Hovedpersonen i denne her historie hedder Gustav Olsen. Han er gammel maskinarbejder. Han ved ikke, hvad spergel er. Han er ikke opvokset på en gård på landet. Han er opvokset i en mellemstor provinsby, hvor der er en hel del industri. Hans far var også maskinarbejder. Hans bror er kleinsmed. Han har en onkel, der er lagerforvalter. Hans kone kører taxa fire dage om ugen, efter at børnene flyttede hjemmefra. Selv om han og hans kone har et lille hus med en have, ved han ikke, hvad spergel er. det vidste jeg sådan set heller ikke, før jeg slog det op. Det er en plante, en slags ukrudt. Vist endda en ret plagsom og irriterende form for ukrudt på de dyrkede marker, så vidt jeg har forstået. Hvorfor man så et sted i Københavns omegn har valgt at kalde en villavej for spergelmarken, ved jeg ikke. Det er endda midt i et kvarter, hvor de andre veje er opkaldt efter kornsorter og andre nyttige afgrøder, som bønderne dyrker.

Måske har man en gang i gammel tid dyrket spergel til et eller andet specielt formål, som så er gået i glemmebogen. Eller måske har dem, der skulle navngive vejene i dette kvarter i Københavns omegn bare syntes, at det kunne være sjovt, hvis der blandt alle markvejnavnene med nyttige planter, dem der hed sådan noget som rugmarken, kålmarken eller rapsmarken, også var en, der havde fået navn efter en ukrudtsplante. Og endda en hel mark tilgroet med disse ukrudtsplanter. Det kan måske godt tænkes. Jeg ved det simpelthen ikke. Det kvarter, hvor de der veje med marknavnene ligger, hedder Buddinge, men det bidrager vel egentlig ikke til at opklare sagen.

Men ikke desto mindre, jo spiller det en ret stor, ja nærmest altafgørende rolle for, hvordan denne her historie udvikler sig. ja, altså ikke at det er i Buddinge, men at vejen hedder Spergelmarken. Så det er samtidig et eksempel på, hvor vigtige, de beslutninger, kommunerne træffer, kan være, selv på et område som dette, og hvordan de kan få helt andre og større konsekvenser, end de kommunale embedsmænd og politikere formentlig havde forestillet sig.

Men for at forstå dette, er vi nødt til at vide lidt om Gustav Olsen. Han bor som sagt et sted i Jylland, i en af de forholdsvis store byer, som for eksempel Vejle eller Haderslev. Han er fabrikant. Han har en mindre maskinfabrik, eller i hvert fald et firma indenfor metalindustrien.

Men smergellærred kender han. Det ved han næsten alt om. En ganske nyttig ting, mener han. Det bruger man til at slibe med.

Han har en nevø, der bor i København. Eller strengt taget er det lidt uden for selv København. Det er et sted, der hedder Buddinge. De har udviklet en vane med at skrive breve til hinanden.

Sådan cirka en gang om måneden kommer der et brev hver vej. Det er jo stadigvæk noget, der foregår engang i det forrige årtusinde, dengang da der ikke var noget usædvanligt ved at man sendte breve på papir til hinanden. Sådan noget med langsommeligt at sidde og skrive det med sin mere eller mindre ulæselige håndskrift på et stykke brevpapir, folde det sammen, lægge det i en kuvert, som man først skulle købe i en butik, så skulle man klistre et frimærke på med den rigtige portoværdi, som man selvfølgelig kunne udenad, og så skulle der skrives adresse på modtageren uden på kuverten, og også navn og adresse på den, der sendte brevet, og så skulle man ud på gaden og finde en postkasse, som man kunne lægge brevet i. Og så sørgede postvæsenets folk for at brevet allerede næste dag blev puttet ind ad brevsprækken i modtagerens hoveddør. Ja, så omstændeligt foregik det faktisk dengang i det foregående årtusind, nærmere bestemt i årene omkring 1975, for det var faktisk dengang, at denne her historie udspandt sig. I dag ville den slags nok slet ikke kunne lade sig gøre.

Gustav Olsen ville jo gerne følge lidt med i, hvordan det gik hans nevø derovre i København, når nu hans forældre var bortkommet, eller rettere sagt, begge arbejdede som en slags ingeniører et sted i Sydtyskland, forlød det. Så i løbet af et års tid røg der faktisk temmelig mange breve frem og tilbage mellem Gustav Olsens mellemstore østjyske industriby og Buddinge lidt uden for København, hvor hans nevø, Gunnar G. Jensen boede på en vej, der hed Smergelparken. Ganske vist var Gunnar vist ikke så dygtig til at stave, så han skrev det altid lidt forkert, idet han konsekvent skrev Spergelmarken som sin afsenderadresse på alle brevene. Gustav Olsen var ikke sådan en krakiler, så han sad og rettede nevøens stavemåder. Det måtte han jo selv om. Men han fortsatte naturligvis med selv at skrive Smergelparken som adresse uden på kuverten, hver gang han sendte et brev til nevøen.

Postbuddet – med den mere korrekte betegnelse: brevbæreren – der besørgede den daglige omdeling af brevpost der hvor nevøen boede, var måske lidt til den dovne side. Han syntes i hvert fald ikke, at der var nogen grund til at gøre sig unødig umage – eller det, han kaldte overflødig omhu – med sit arbejde, med mindre, der direkte var nogen, der klagede. Og det var der ikke her. Så derfor fandt han ikke nogen grund til at bruge tid på at rette den lidt fejlagtige adresse, der altid stod på de breve, som Gunnar G. Jensen, der boede på Spergelmarken 29, jævnligt fik fra en by i Jylland, sikkert fra en onkel eller tante, der konsekvent kaldte vejen for Smergelparken i stedet for Spergelmarken på hvert eneste brev. Men onklen eller tanten var muligvis lettere ordblind og kom derfor til at bytte rundt på nogle af bogstaverne. Hvis han rettede fejlen og sendte brevet retur til afsenderen med et stempel om ”Adressaten ubekendt efter adressen”, som han egentlig burde, når adressen var stavet forkert, så ville afsenderen måske blive ked af det, hvis han eller hun faktisk var ordblind. Og det var der jo ikke nogen grund, for han vidste jo udmærket, hvor brevet skulle afleveres, uanset om det så var stavet helt korrekt eller ej.

Men det interessante er, at denne lille skødesløshed og efterladenhed fra det lidt dovne postbuds side faktisk fik en ret afgørende indflydelse på den videre udvikling af hele denne fortælling, og ikke mindst den store fremgang og succes, som Gustav Olsen i de kommende år oplevede for sin lille maskinfabrik.

Men Gustav Olsen sender altså med korte mellemrum breve til sin nevø på Smergelparken, undskyld Spergelmarken i Buddinge med gode råd og formaninger og den slags. Som sagt, så foregår det helt tilbage omkring 1975. Dengang var der jo mange unge mennesker, der brød mere eller mindre med deres forældre, hvis de havde nogle problemer. Det var næsten på mode, kunne man sige. Det var jo der under ungdomsoprøret. Alt det der med oprør mod forældre og autoriteter og den slags. Det kørte jo nærmest hele 1970erne igennem og måske længere endnu. Så det var altså situationen.

Men Gustav Olsen, eller Onkel Gustav, som vi vel også bare kan kalde ham, han sender altså med ret korte mellemrum breve til sin nevø ovre i hovedstaden. Han synes, det er lidt synd, at nevøen bare går der og dalrer rundt uden at få noget rigtigt ud af sin tilværelse. Onklen havde nemlig selv fået arbejdet sig frem til en vis position. Han havde fået opbygget en metalvarefabrik og et maskinværksted, der ganske vist ikke var af internationalt format, slet ikke, og heller ikke var en dominerende virksomhed inden for den branche på det danske marked, men som dog hørte til blandt byens store, solide virksomheder. Den sikrede ham både en ganske pæn indkomst og en respektabel position og anseelse i byen. Han var en mand, man regnede med i lokalsamfundet.

Men han havde kun opnået den position gennem hårdt arbejde. Det understregede han altid. Han kom fra beskedne kår, men lige fra han var ung havde han knoklet på for at skabe sig en god tilværelse og få succes inden for sit felt. Stille og roligt. Og det var lykkedes. Derfor syntes han også, at det næsten var hans pligt at prøve at sætte lidt mere gang i sin unge nevø. Nevøen lod sig dog ikke påvirke særlig meget af de mange breve med gode råd. Han syntes vist nærmest, at det var lidt fjollet, at onklen blander sig så meget. Han synes ikke rigtig, han kan bruge hans råd til noget. Det er faktisk ikke altid, at han overhovedet læser brevene.

Nogle gange får han dem også først med et par dages forsinkelse. Dengang var det ellers normen, at breve skulle komme frem til modtageren allerede dagen efter, at de var blevet lagt i postkassen, også selv om de var sendt fra den anden ende af landet. Det forventede man simpelthen. Postvæsnet (som det hed dengang) reklamerede vist ovenikøbet med det. Der var i hvert fald tit nogen, der klagede, hvis et brev bare var en eller to dage forsinket, når det nåede frem. Det var egentlig utroligt, at man gad bruge så mange ressourcer på den slags. Som om det ligefrem var noget, borgerne havde krav på. Men sådan var det altså dengang, selv om det kan være svært for os i dag at forstå, hvorfor man gik så meget op i den slags. Det var sikkert et levn fra endnu ældre tider, hvor punktlighed og korrekthed blev betragtet som noget meget vigtigt. Det, der blev kaldt for rettidig omhu. I dag tager vi jo meget mere afslappet på den slags. I den digitale verden er der jo tit noget, der ikke virker. Hvad enten det skyldes servernedbrud, programmeringsfejl, hackere, cyberangreb, fejlslagne opdateringer, overbelastningnedbrud, manglende kapacitet eller alt det andet, der kan gå galt. Det har vi jo vænnet os til, for sådan er det jo nu engang.

Men onkel Gustav sidder altså i sin murermestervilla i provinsbyen og skriver det ene brev efter det andet til nevøen i København. Og et var altså ikke altid, at de nåede frem dagen efter. Nogle gange var de ligefrem hele tre dage forsinket. Eller måske endda fire dage. Postbuddet havde nemlig tit svært ved at forstå den adresse, der stod på brevene. Dels var onklens håndskrift nok ikke den mest læselige af slagsen. Men navnlig skyldtes det som tidligere nævnt, at han havde fået galt fat på vejnavnet. Nevøen boede jo på en vej i bydelen Buddinge, en slags forstad til København, på en vej der hedder Spergelmarken. Som allerede nævnt anede onkel Gustav ikke, hvad spergel var. Så han oversatte det helt uvilkårligt til noget, som han kendte, og vidste, hvad var, nemlig smergel. Og gik uden videre ud fra, at vejen, som hans nevø boede på, hed Smergelparken i stedet for Spergelmarken. Og derfor var det det, han skrev uden på kuverterne med sine breve til nevøen. Og derfor havde postvæsnet ofte problemer med at finde ud af, hvor det egentlig var, de skulle afleveres for at nå frem til den rette modtager. Dengang gik man nemlig også helt utroligt meget op i, at alle brevene skulle afleveres 100 % korrekt, uden den mindste slinger i valsen.

Gustav Olsen sendte også sin nevø nogle reklamer for nogle af de små og lidt større metalgenstande af mange forskellige slags, som han fremstillede på sin lille metalvarefabrik. Han gik ud fra, at når nevøen boede på en vej, der hed Smergelparken, så var det nok et industrikvarter, hvor der lå et række forskellige virksomheder inden for metalindustri og andre fabrikker eller værksteder, hvor man brugte det for ham så velkendte smergellærred. Han bad nevøen om at give reklamerne og brochurerne videre til nogle af de andre virksomheder i kvarteret. Nevøen undrede sig lidt over dette, da vejen jo i virkeligheden hed Spergelmarken og var en ganske almindelig villavej. Men på den anden side ville han da gerne gøre noget for at hjælpe sin onkel. Han vidste, at der et sted i nærheden faktisk lå et industrikvarter, og det var kun cirka ti minutters cykeltur derfra, så han sprang på cyklen og kørte derhen, og fik afleveret onklens reklamebrochurer til omkring 15 forskellige små og lidt større virksomheder.

Der gik kun en måneds tid, så fik et brev fra sin onkel, hvor han takkede ham for hjælpen og skrev, at han allerede havde fået en ordre på nogle af sine produkter fra to af virksomhederne. I løbet af det næste halve år fik onklen større og større bestillinger fra det ene af firmaerne, der var blevet rigtig tilfredse med især et par af hans metaldimser, som de bestilte i titusindvis. Efter yderligere et år måtte onklen udvide sin produktion og ansætte flere medarbejdere til at dække efterspørgslen efter netop disse produkter fra netop denne virksomhed, der ganske vist ikke lå på vejen, hvor nevøen, men kun ti minutters cykling derfra. Da der var gået et halvt år til, blev onklen nødt til at udvide sin lille fabrik og bygge, så den blev dobbelt så stor som før, så han kunne mangedoble produktionen af disse specielle produkter, der nu var blevet virksomhedens absolut største sællert.

Efter halvandet år til, måtte han flytte til ny og meget større lokaler et andet sted i byen, så han igen kunne mangedoble produktionen. Hans fabrik var nu blevet en af de største og mest succesrige inden for byens metalindustri og onklen selv var blevet mangemillionær var flyttet ind i en kæmpe luksusvilla i byens mest prestigefyldte kvarter. Og alt sammen bare fordi han havde misforstået navnet på den vej, hans nevø boede på, og opfattet det som Smergelparken i stedet for Spergelmarken. For ellers ville han jo aldrig have troet, at det var et industrikvarter med nogle firmaer, der havde brug for hans produkter, og så ville han ikke have sendt nevøen sine reklamebrochurer og bedt ham om at fordele dem til virksomhederne i kvarteret, og så ville han nok aldrig være kommet i kontakt med den virksomhed, der blev hans største og altdominerende kunde, så han kunne mangedoble salget og produktionen og blive en af sin hjembys rigeste og mest ansete borgere. Så ville han stadig have været ejer af en lille, beskeden metalvarefabrik, der kæmpede for at få afsat sine produkter og få det til at løbe rundt, så han dog i det mindste kunne få en beskeden levevej ud af det.

Så det var metalvarefabrikant, direktør Gustav Hansens opskrift på succes.

Og hvad kan vi andre så lære af det, som vi selv kan bruge for at få succes i vores egen tilværelse? Formentlig ikke ret meget. Eller rent ud sagt: ikke en skid.

Alle disse grå dage

Her i efteråret

Det er der jeg kryber i ly

Det er der bladene drysser ned

Nej det er de snart færdige med

Her på kanten af vinteren

Hvor de lover sne og slud og glatte veje

Det er nogle kønne løfter de giver os

Man kan jo øve sig på at nyde det

Hvis man pakker sig godt ind

Eller i hvert fald vænne sig til det

RAVENCHURCH

Af Deirdre Blackstone

Kapitel 2

(Fortsat fra forrige nummer)

.... at sige op. Det havde hun gjort flere gange. Men det ville han ikke tillade. Det blev sværere og sværere for ham at undgå, at hun gjorde det. der skulle mere og mere til for at overtale hende. Han havde været nødt til at tilstå hende en række privilegier, som han ellers ikke tilstod sine ansatte. Flere af dem var af en karakter, så de ikke bør omtales her. Han vil simpelthen ikke af med hende. Det taler vel faktisk til hans fordel, især hvis man kender den virkelige årsag til det.

Men som sagt, så havde den bedagede gamle jarl sine grunde til det. Nogle af dem blev endda opfattet som egentligt meget sympatiske, men måske lidt småskøre. Det drejede sig for det første om, at han opfattede den aldrende kokkepige som den allerbedste kok, der overhovedet fandtes. I årenes løb havde han vænnet sig så meget til hendes form for madlavning, at han dårligt nok kunne spise andet. det indrømmede han glad og gerne overfor alle. Men det er måske ikke så usædvanligt endda hos meget gamle mennesker. Han var jo faktisk over halvfems.

Den anden begrundelse fortalte han kun til nogle få. Det var det med kattene. De vilde katte. Dem var der åbenbart mange af der på egnen. Og han havde åbenbart med årene udviklet nogle sentimentale følelser overfor egnens vilde katte. Han ville i hvert fald ikke have at de sultede. Under ingen omstændigheder. Derfor skulle de fodres. Hver dag, og helst tre gange om dagen. Eller i det mindste to gange. Der var et bestemt sted henne i den høje ende af kælderen, hvor der var nogle rester af en gammel kældernedgang. Det var omme på bagsiden af slottet. Der hvor der var et tæt buskads. Der var tre-fire trin ned til noget, der engang havde været en dør, men som i mange år havde været delvis muret til. Eller i hvert fald afspærret.

Men nede ved bunden af den lille, delvis tilgroede trappe var der noget, der mindede om en kattelem. I hvert fald en lille låge. Men den kunne vist kun åbnes indefra. Kattene skulle jo ikke ligefrem ind i den store kælder under slottet. Men det var der, de blev fodret. Hver dag. Af den gamle kokkepige, som han på flere punkter havde udviklet en særlig fortrolighed overfor. Der var ikke nogen andre af tjenestefolkene, der vidste noget om det. Det syntes han åbenbart ville være for skamfuldt eller pinligt. Desuden var der ikke andre end den gamle kokkepige, der var i stand til at lave noget mad, der var god nok til de vilde katte. Det var nemlig ikke bare almindelige kattemad, de blev fodret med hver dag. Det var højdepunktet af hendes kogekunst. Hvor hun virkelig skulle vise, hvad hun duede til. Kun det allerbedste var godt nok. Det havde han adskillige gange understreget over for hende.

Det var kun hende, der var i stand til at gøre det godt nok. Kattene havde jo efterhånden vænnet sig til hendes fantastiske kogekunst, så det ville være svært for dem at nøjes med mindre end det. De skulle naturligvis heller ikke bare have det samme at spise hver dag. Og der skulle ikke spares på råvarerne. Kattenes menuplan var faktisk skrevet af efter de dyreste og allerlækreste gourmet-retter på byens fineste hotel. Den aldrende kokkepige – der dog stadig var nogle årtier yngre end jarlen – var endda i stand til at tilberede de ofte ret komplicerede madretter endnu bedre end nogen af kokkene på byens – eller for den sags skyld andre byers – fineste restauranter. Mindre kunne ikke gøre det. Kattene fortjente det bedste af det bedste. De vilde katte, der for manges vedkommende engang var blevet smidt ud af de mennesker, de holdt af, havde det sikkert hårdt nok i forvejen. Så det her var da det mindste, han kunne gøre for dem. Og han havde jo pengene til det.

Så det var en af de tungtvejende grunde til, at han for enhver pris ønskede at beholde sin gamle kokkepige. Og faktisk også den vigtigste grund til, at hun gang på gang ombestemte sig og alligevel blev hos ham, efter at hun egentlig havde planlagt at gå på lidt tidlig pension og få mere tid til at tage sig af sine børnebørn og familien derhjemme i det hele taget. Og selvfølgelig også tage sig betalt for det på flere forskellige måder. Det forlød endda i den lille inderkreds af dem, der kendte ham, at han havde fået indskrevet en bestemmelse om det i sit testamente. Det gik ud på, at han testamenterede hende et overordentligt stort beløb mod at hun til gengæld forpligtede sig at fodre kattene med den samme gode mad som hidtil.

Også selv om hun blev afskediget af jarlens arvinger efter hans død, og derfor måtte fortsætte med at fodre kattene i dølgsmål og uden at slottets nye ejere vidste noget om det. Derfor havde han da også allerede givet hende en gammel nøgle til en gammel dør til et af de gamle skure, der var opført i tilknytning til en af slottets sidefløje, der tidligere havde været i brug til landbrugsformål, og hvorfra der kunne findes vej gennem hele den store, langstrakte kælder, hvis man vel at mærke kendte hele dens labyrintiske opbygning til bunds. Så måtte hun jo bare tilberede maden til kattene hjemme i sit eget køkken og tage den med i en termotaske eller en madspand, når hun listede sig vej gennem kælderen og hen til den gamle luge ved den lille tidligere trappenedgang, hvor kattene var vant til at blive fodret, for det var naturligvis der, det fortsat skulle ske, også i mange år efter jarlens død. Det stod i testamentet.

De få, der kendte til dette, mente dog at man måtte bære over med den gamle jarl, der tydeligvis var begyndt at blive dement. Men det var jo ikke så usædvanligt endda for over 90-årige. Desuden havde han jo altid haft sine små idiosynkrasier, sådan som man jo kunne tillade sig, når man tilhørte de højeste sociale lag i samfundet.

(Forts. i næste nummer)

Donald Trump
Og Elon Musk

Er det sådan lidt en genindspilning

Af Christian den 7. og Struensee

?

Indgangen til labyrinten var blevet udformet som et cirkustelt

En ædedolk

Tante Lisa så op på onkel Alfred. Han var et hoved højere end hende. Mindst. Snarere halvandet hoved højere. Eller faktisk begge dele- det kom an på..........

Halvdelen af hans hoved havde nogenlunde samme størrelse som hele hendes. Sådan var det. Han var også noget kraftigere end hende. For nu at sige det lidt pænt. Mere omfangsrig, kunne man også sige. Eller simpelthen federe, som hendes søster Annemarie plejede at sige det på sin sædvanlige bramfri facon uden nogen særlige omsvøb.

Men den slags var ikke lige Lisas stil. Ikke fordi det havde noget at gøre med, at Alfred var mindst et – og snarere halvandet – hoved højere end hende. Og tilmed dobbelt så bred, hvilket det også var svært at undgå at lægge mærke til, når man så dem sammen.

Han ejede også næsten præcis dobbelt så meget som hende. Det var der nogen, der havde regnet på. Penge, bil, aktier, ejendomme, kontanter, og hvad der ellers kunne være. Det hele. Selv om det godt kunne svinge lidt med værdien af det. Aktiekurserne, for eksempel. Og såmænd også nogle af de andre ting, om end måske ikke helt så meget. Men det var ikke altid, de svingede i takt. Nogle gange nærmest i modfase, som Alfreds bror Valdemar ofte fremhævede, med et udtryk, der var hentet fra noget med afprøvning af stereoanlæg.

Det blev der talt en hel del om dengang. Han bidrog i hvert fald flittigt til det. han var radioforhandler. Det blev det stadig kaldt, selv om det efterhånden mest var TV-apparater og musikanlæg, han solgte.

Det var ikke kun på det økonomiske område, at det kunne svinge temmelig meget op og ned. Selv om Alfred ganske vist både spillede og handlede med både varer og ejendomme og aktier og brugte biler og alt muligt andet. Han var ikke bange for hverken at løbe en risiko, eller for at gøre store indsatser. Hverken når han købte eller solgte, eller når han spillede. For det gjorde han også. Altså spillede. Big time. Han spillede på mange forskellige ting. Hans held svingede meget. Så det gik virkelig op og ned. Nogle gange svømmede han i penge. Så brugte han dem tit lige så hurtigt som han havde tjent dem. Hvad der kommer let, går let. Det kunne næsten have været hans valgsprog. Så kunne det ofte ske, at det skulle fejres med manér. Så inviterede han hende ud på byens dyreste restauranter, eller købte pelse og dyre smykker og alt muligt andet til hende. Eller han købte en ny bil til sig selv. Han havde haft mange forskellige biler i årenes løb. og det var jo ikke bare Folkevogne. Som regel var det en stor amerikanerdyt. Det var jo dengang, de stadig byggede de der store flydere. Dem var han helt vild med. Det kunne også ske, at de tog af sted på en megadyr luksusferie på et krydstogtskib i flere uger. Der var ingen smalle steder. Det var sådan, han godt kunne lide det.

Det var når han havde haft heldet med sig. Andre gange var han helt blanket af. Enten fordi han havde tabt i spil. Eller fordi han havde sat penge til på en ejendomshandel eller et lidt tvivlsomt vareparti, som han pludselig havde fået den idé at opkøbe. Eller måske havde han tabt penge på nogle aktier, der måske havde set lovende ud, men hvor kursværdien så pludselig var styrtdykket. Han var en meget impulsiv investor, som min mor sagde. Eller en vildtvoksende spekulant, som tante Annemaria plejede at sige. Det var nok en mere dækkende betegnelse.

Som man kan forstå, så gik det ikke bare op og ned. Det gik voldsomt op og ned. Men han kunne jo lide det sådan. Der kan der ikke være nogen tvivl om. Han elskede spændingen ved det. Jo vildere, jo bedre. Ellers kedede han sig. Han vandt jo faktisk også ret tit. De fleste gange, faktisk. Det var den almindelige mening. Han var ikke sådan en "den-evige-taber"-type. Absolut ikke. Mere sådan en slags rutsjebane-type, kunne man sige. Når han lige var blevet blanket af, eller snydt i en handel af en, der var smartere end ham, så var han ikke så kry som ellers. Man kunne straks mærke det på ham. Men det er vel heller ikke så mærkeligt. Selv om han måske nogle gange overdrev det lidt. Det var der mange, der syntes. Han var nok lidt af en drama-queen. Så var han helt nede på knæene, sådan helt bogstaveligt nærmest, og så måtte han bede sin gamle mor, der hed Dorte, om at låne ham nogle penge, så han havde til dagen og vejen. Eller til en ny lille investering i et eller andet, som skulle bringe ham på fode igen, og helst lidt mere end det.

Men det var ikke altid, hun ville. Ikke fordi hun ikke havde pengene. Men hun kunne godt være lidt af en skrap moster nogle gange. Hun var ikke sådan en, der gav ved dørene. Hun var gjort af mindst lige så hårdt stof som ham. Men hun var bedre til at holde på pengene. Hun havde fået skrabet en hel del sammen i årenes løb, og havde også arvet en del, både efter sin mand, Jens, der altså var Alfreds far, og efter et par andre. Og så havde hun jo sit gode job som hovedbogholder og regnskabschef i et eller andet mindre firma, som ingen af os vidste ret meget om. Velsagtens mest, fordi det var så rutineagtigt og hverdagskedeligt, så der ikke var noget særligt interessant at vide om det. Det havde hun haft i mange år. Men hun var ikke den, der bragte sig selv i fokus, hvis det ikke var nødvendigt. Hun lånte ham aldrig ret meget. Det var hun for klog til. Og alt for forsigtig. Ikke så nær meget som det, han bad om. Det kunne Alfred godt blive sur over. Hvis han lige havde fundet på alle tiders fidus eller havde set et parti varer, der var rigtig billigt til salg, for eksempel. Men det lod hun sig ikke påvirke af. Hun var mindst lige så røget, som han var speget.

Så måtte han bede sin kone, Lisa, om at låne af hende i stedet. Hun var ikke nær så velhavende som Alfreds mor, men lige så påholdende. Dengang var det ikke særlig almindeligt, at et ægtepar havde særeje, som det hedder på sagførersprog. Og det er det vel stadigvæk ikke. Men det havde Lisa og Alfred altså. De havde hver sin økonomi hele vejen igennem. Det var hende, der havde insisteret på, at det skulle være sådan. Og det kan man jo godt forstå. Så hun ikke blev revet med i faldet, når han havde sine økonomiske nedture. Hun var den forsigtige type, der ikke turde andet, og det var sikkert klogt.

Men som sagt – eller i hvert fald antydet – så var det ikke kun på det økonomiske område, at de svingede i utakt, og ofte nærmest i modfase. Det gjaldt også mange andre ting. For eksempel sådan noget som slankekure. Det var noget, de med mellemrum dyrkede begge to, selv om han nok dybest set trængte mere til det end hun gjorde.

Det kunne for eksempel gøre sig gældende om foråret, hvor hun var gået på slankekur for at tabe en 5-6 kilo og blive klar til bikini-sæsonen. Så faldt det tit sammen med at Alfred tilfældigvis var inde i en periode, hvor han tog på i vægt. Det gjorde han tit netop der om foråret. Som regel i april-maj måned. Så åd han løs, som om han ikke havde fået noget at spise hele vinteren.

Selv kaldte han det at samle kræfter til sommeren. Bygge sig op, så han havde boget at tære på, sagde han. men det var da noget pjat og noget af det værste vrøvl, hun længe havde hørt, sagde hun. Altså Lisa. Hans kone. Men han holdt på sit, og holdt fast ved sine tre store portioner af den gode solide mad hver aften til spisetid. Og 7-8 stykker smørrebrød til frokost. Og en nærmest engelsk morgenmad med spejlæg med bacon, stegte pølser, brasede kartofler efterfulgte af et par rundstykker, mindst to tebirkes med et tykt lag smør og et par wienerbasser til at slutte af med. Og naturligvis med et par mellemtider i form af formiddagskaffe, eftermiddagskaffe og aftente, alle med mindst to-tre stykker franskbrød med marmelade, ost eller andet pålæg og et par kager til eftermiddagskaffen – og så det løse i form af chips og andre snacks, som han guffede i sig, når han sad og så fjernsyn. Alt sammen ledsaget af rigeligt med drikkevarer til at skylle det ned med. Hver dag hele foråret igennem. Lisa kunne slet ikke forstå, at han kunne rumme alt det. men det havde han tilsyneladende ikke nogen problemer med.

Det forår havde det været værre end ellers. Lisa spurgte lidt drillende, om det var hans udgave af at preppe, men han sagde, at det bare var hans naturlige forårssult, som han prøvede at stille. Foråret var ikke engang forbi endnu. Det var stadig kun i begyndelsen af maj. Han var startet allerede midt i marts. Han mente altid, at sommeren først begyndte midt i juni, og den sidste månedstid enden sommerstart skulle han lige nå en ekstra slutspurt med hensyn til at opbygge sit fedtlag, så han havde noget at tære på hen over sommeren.

For han vidste nemlig godt, at når først sommeren blev en realitet, så stod den mest på grønsager og andre lette retter af samme skuffe, som hverken fyldte noget særligt i maven eller mættede ordentligt. Og til gengæld nul kød. Eller næsten nul kød, i hvert fald. Så han måtte tage sine forholdsregler, så han havde noget at stå imod med, sagde han.

Som Lisa meget rigtigt gjorde opmærksom på, så var det mest almindelige jo ellers at samle forråd til vinteren. Sådan var det ude i naturen. Der var mange dyr, der tog på i vægt og opbyggede et fedtlag i løbet af efteråret, så de bedre kunne klare vinteren, fordi de havde noget at tære på. Men det han gjorde, var jo det stik modsatte. Det var der også tit andre end Lisa, der påpegede over for ham.

Men han havde selvfølgelig svar på rede hånd. Han var jo ikke noget dyr, som han tit og ofte understregede – bare for at ingen skulle være i tvivl. Så for ham var det om sommeren, at han skulle have noget ekstra sul på kroppen for at have noget at stå imod med, så han kunne klare alle sommerens strabadser, når sommermaden holdt sit indtog kort før sankt hans med alt hvad det medførte af tomatsalat, gazpacho-suppe og andre grønsagsbårne madretter, som han uden tøven mente hørte hjemme i super-light eller ekstra-light udgaven af fødevarer, men som Lisa nød i fulde drag og som hun kategorisk havde fastsat var den eneste form for mad, der blev spist der i huset hele sommeren igennem. Hen gennem sommeren, hvor Alfred måtte nøjes med små lette portioner af salat og diverse lignende former for mad, plejede han da også at tabe sig adskillige kilo.

Men lige nu, her i begyndelsen af maj, var han stadig i gang med opbygningsfasen, som han selv kaldte det. han havde allerede taget omkring 12 kilo på siden midt i marts, hvor hans sommeropfedning var begyndt. Der skulle helst være plads til nogle flere kilo endnu, inden sommeren for alvor satte ind, og hele verden gik agurk i grønsager. Sådan kaldte han det. så han arbejdede stadig målbevidst på sagen.

Året før car det 16 kg, han havde taget på til brug for sommeren, og vi regnede med, at det nok ville blive lidt mere i år. Der var endda flere i familien, der havde indgået små diskrete væddemål om, hvor højt hans vægt ville nå op i år.

Men Alfred selv var jo helt åben omkring det og stak ikke noget under stolen. Det var almindeligt kendt, at året før havde han tabt lidt over 10 kg frem til 1. september og yderligere 3-4 kg i løbet af september og frem til midten af oktober, hvor novembervejret satte ind en halv måned for tidligt, og han derfor skruede ned for sine aktiviteter og ikke føjtede så meget rundt mere. Og hvor den gode kraftige vintermad kom på bordet igen. Lisa kunne nemlig godt lide at trække grønsagssæsonen så langt som muligt. Det vil sige, at den ofte kom til at vare fra midt i marts til hen omkring 1. november, hvor vintermaden endelig kom på bordet igen, og Alfred i de to første måneder, altså november og så den søde, dejlige julemåned satte fuld kraft på spisningen igen, for dog at sætte tempoet lidt ned igen i de første par måneder af det nye år, inden sommeropfedningen igen satte ind. Alfred lavede aldrig selv mad. Det var altid Lisa. Ellers ville han nok have været endnu mere overvægtig, eller have levet helt af fastfood og wienerbrød. Desuden ville Lisa simpelthen ikke have ham i sit køkken, fordi han altid svinede sådan og fik rodet det hele til. I øvrigt var det, han frembragte i løbet af sine forsøg på madlavning, så elendigt, at det var uspiseligt, mente hun. Han ville heller ikke selv spise det. Lisa havde flere gange erklæret, at hvis han nogensinde viste sig i hendes køkken og forsøgte at lave mad, så var det skilsmissegrund.

Han hævdede selv, at han året før havde tabt mere i sommerens løb, end han havde taget på om foråret, og det var hans begrundelse for at gå ekstra hårdt til den nu her i år. Sådan var han bare. Det var ikke så få, der i årenes løb havde påpeget, at han ikke havde forstået en pind af alle de moderne sundhedsprincipper om sund kost og ernæring. Men den slags gjorde slet ikke noget indtryk på ham. De fleste år plejede det faktisk at balancere nogenlunde hen gennem året. Forstået på den måde, at omkring 1. december eller måske en uges tid senere, plejede han at nå sin normalvægt igen. Hvis det da overhovedet giver nogen mening.

Nu ville man måske have troet, at han begyndte at lægge sig voldsomt ud igen i løbet af december måned med al den gode julemad. Men det var faktisk ikke tilfældet. Hele vinteren igennem spiste han naturligvis godt og solidt ud fra sin kraftige appetit, men det foregik i et mere jævnt tempo og ikke så hektisk som om foråret. For hen gennem vinteren var der kødretter nok, og ikke nogen fare for at de forsvandt. Så der var ingen grund til at spise ekstra for at have noget at stå imod med, så længe der ikke var noget af den slags, som der skulle tages højde for

Det er aften, folk er inde

Sneen pudrer et raftehegn

Det er mildt i luften

Siden det begyndte at sne

En fugl sidder på toppen af hegnet

Vipper lidt med halen

Hopper ned på jorden

Flyver op, lander igen

Hopper lidt omkring

Sne

Det er midt på eftermiddagen. Der ligger stadig sne. Den der faldt i går. Vinteren er begyndt. Det er søndag. Der er ikke rigtig noget i TV. Kun det sædvanlige lort. Sådan er det jo hver søndag. Jeg skænker en kop te. Den er lunken. Den har stået temmelig længe. Den smager for meget af søndag. Der er denne specielle stemning af lidt sløv søndag. En lidt mat stemning. Men det er ikke noget nyt. Sådan er det hver søndag. Men det er jo også en hviledag. Det kalder de den jo. Den kan jeg på en måde godt forstå. Det passer faktisk meget godt. Det synes jeg. Når man tænker lidt over det. Sådan en dag, hvor man hviler ud og slapper af oven på en hård uge. Så man er forberedt på den næste uge. Den kommende uge. Så godt det nu kan lade sig gøre. Det er jo alligevel begrænset, hvor meget man kan forberede sig på. Man må bare tage det som det kommer. Det er for eksempel ret improviseret, det her lille måltid, som jeg sidder og nyder her sidst på eftermiddagen, siddende i min gamle sofa, der har fået et par pletter i tidens løb, og med TVet tændt, selv jeg ikke rigtig gider at følge med i det lort, de sender.

Nu sagde jeg jo sidst på eftermiddagen, men det er faktisk kun lige midt på eftermiddagen, et par minutter over tre, men tiden går så langsomt, når der ikke er noget ordentligt i TV. Og det, jeg er gået i gang med at spise er bare sådan en slags rodsammen, noget restemix af, hvad der nu var tilbage i køleskabet. Dengang med Connie, altså der i anden omgang, der morede jeg mig med at kalde det for five'o'clock tea, det skulle lyde sådan rigtig engelsk, jeg troede det ville tale lidt til hendes fine fornemmelser, men det gjorde røv og nøgler, gjorde det. det er jo også lige meget, hvad man kalder det, det bliver jo ikke anderledes af den grund. Navnet betyder jo ikke noget i sig selv. Jeg mener, en selleribøf smager sgu ikke spor bedre, selv om man påstår, at det er en kyllingefilet, der bare er blevet marineret lidt for meget med en eller anden slags grønsagsmarinade. Men på den anden side, så kan det godt være, at der er nogen, der synes, at den smager lidt bedre, den der selleribøf, hvis man går ind på en rigtig dyr og meget fancy restaurant, og den så hedder et eller andet enormt langt og indviklet på fransk, som man hverken kan udtale, eller oversætte eller forstå et kvidder af, men som i virkeligheden bare betyder noget i retning af "skiver af halvrå knoldselleri, marineret med en fond lavet på årstidens grønsager." – Hvad "årstidens grønsager" så end måtte være. Måske mos, indsamlet ude i skoven, hvis det er en rigtig dyr restaurant. Hvem ved.

og tøver, venter.

Mine tanker

Bevæger sig næsten ikke.

Det fører lige vidt

Om man går op ad trappen

Eller ned ad den.

Jeg har hørt sige

At selv hvis man bliver stående

Bevæger man sig

Det samme sted hen

Men det passer ikke

At tiden står stille

Den bevæger sig

I små bitte ryk

Eller alt for store klumper

Alle kommer lige meget for sent

Målt med nattens tid

Hvorfor Adam spiste kongens kåldolmere

Han hed Adam Jensen. Så meget vidste han i hvert fald. Ellers vidste han ikke ret meget. Ikke nær så meget som han gerne ville. For eksempel det der med kongens kåldolmere. Der var hel del i den forbindelse, han ikke forstod. For eksempel hvorfor de smagte så helt fantastisk dejligt. Han var faktisk berygtet for at spise af kongens kåldolmere. Eller han var nok kun virkelig berygtet for det i sine egne tanker, for han gjorde det så diskret som muligt, og det var han efterhånden blevet ret dygtig til. Men han spiste altså ret tit af kongens kåldolmere, og vist endda uden at kongen havde opdaget det. Men før eller senere måtte det vel ske. Det frygtede han i hvert fald for. Alle ved hoffet gruede for, hvad der ville ske, når kongen fandt ud af, at nogen af dem havde gjort noget de ikke måtte. Adam var ganske vist ikke som sådan en del af hoffet, men alligevel lidt. Han var køkkendreng, sådan hed det. Han gik til hånde i køkkenet med at vaske gryder og stegepander af, skrælle kartofler og hakke grønsager, pille stenene ud af blommer og kirsebær og al den slags arbejde, som overhofmesteren syntes det var for dyrt at betale nogen af de voksne for at lave.

Som køkkendreng befandt han sig ofte i nærheden af kongens kåldolmere, når de blev tilberedt i køkkenet. Kåldolmerne var en af de madretter, der ofte blev serveret både for kongens selv, for hoffets topfolk og for fornemme gæster. Der var strenge regler for kongens kåldolmere. De bestod af nogle helt særlige og meget specielle ingredienser. Ingen vidste egentlig rigtig, hvad de bestod af, bortset fra selve kålbladene, der i øvrigt kom fra en helt speciel slags kålplanter af en helt særlig og ekstra delikat type, der så vidt man vidste, kun blev dyrket i den store køkkenhave, der hørte til slottet. Men desuden indeholdt kåldolmerne en lang række andre mere eller mindre specielle ting, og selve opskriften på, hvordan disse skulle sammensættes for at gøre dem så usædvanlig velsmagende, var naturligvis hemmelig og kun kendt af overchefkokken og dennes to mest betroede kokke. Det sagdes, at opskriften blev bevogtet lige så strengt som kronjuvelerne. Man vidste altså intet konkret, men så desto mere gik der en masse rygter, formodninger og gisninger blandt køkkenpersonalet og hoffets folk om, hvad hemmeligheden ved dem bestod i.

Kåldolmerne blev tilberedt af særligt betroede kokke, og de var forbeholdt kongen selv og de mest fornemme gæster, ofte en royal kollega fra et af de mange nabolande, for landet i sig selv var ikke særlig stort.

Kåldolmerne sagdes at besidde næsten fantastiske egenskaber. Det var en slags superføde, der ikke alene holdt kongen ung og sund og ved godt helbred til trods for hans til tider temmelig voldsomme tilværelse. Men ikke nok med det. det var også kåldolmerne, der indeholdt nogle helt enestående ting, der gjorde kongen så fantastisk klog – og god – og retfærdig, så det gennemsyrede alle hans beslutninger, der alle var de bedst mulige for alle i enhver tænkelig henseende.

Og det var ikke blot overtro. Man var fast overbevist om, at kåldolmerne, blandt alle de hemmelige ingredienser også indeholdt nogle ting, der ikke blot var den mest fremragende livseliksir, verden endnu havde set, men også den næstbedste kilde til visdom og viden om alt, hvad der var værd at vide, der overhovedet fandtes noget steds i verden. Det mente alle, i hvert fald alle dem i det lille kongerige – og det ville da også være dumt andet, når det nu engang var sådan, det var. Så ville det jo nærmest være halsløs gerning at bestride disse indlysende og ubestridelige kendsgerninger.

Men den største gåde var dog næsten, hvordan ham der den formastelige, som jeg helst ikke vil nævne navnet for ikke at bringe ham i større fare end den, han allerede befinder sig i – hvordan han bærer sig ad med at spise af kongens kåldolmere uden at blive opdaget, og uden at bliver idømt den sædvanlige straf for den slags majestætsfornærmelser. Vi er mange her ved hoffet, der gerne vil vide, hvordan det overhovedet kan lade sig gøre – ikke mindst fordi det efter alle solemærker at dømme har stået på i lang tid efterhånden. Ikke for at gøre ham kunsten efter, naturligvis, men udelukkende for så meget bedre at kunne fordømme den formastelige for hans ugerninger.

Hvis han nogensinde blev pågrebet var der ingen tvivl om, at han i det mindste ville blive landsforvist og endda sandsynligvis noget, der var endnu værre, men dog aldrig blev defineret nærmere.

Akkurat som det ville være sket for os, hvis vi ikke spiste de kåldolmere, som Tante Frida så rundhåndet serverede for os hver dag i hele sommerens løb, som vi tilbragte hos hende og onkel Kristian, der boede ude på landet på en mindre bondegård med egen kålgård og utallige andre og endnu mere spændende ting at gå på opdagelse i for nogle storbybørn som os.

Tante var nemlig republikaner og havde derfor ingen skrupler ved at servere de magiske kåldolmere for os hver dag til frokost, fordi hun jo hævdede – som sandt var – at det nu var andre og mere demokratiske tider, hvor det ikke altid kun var de store og de mægtige, der havde monopol på alle de bedste ting her i tilværelsen, og derfor kunne hun uden videre servere de enestående royale kåldolmere for os, lavet efter den gamle konges hemmelige opskrift, og som ikke alene ville gøre os lige så stærke som Skipper Skræk, men også forsyne os med alverdens viden og klogskab og fornuft, hvad nogle af os ærlig talt også godt kunne trænge til, så vi kunne klare os lidt bedre i skolen og ikke gøre vore stakkels forældre kede af det, hver gang vi kom hjem med en endnu dårligere karakterbog end sidst. Sådan var det jo dengang.

Det sidste – det med karakterbøgerne – sagde hun dog ikke hver dag, men kun hvis der en gang imellem var en af os, der ikke ville spise op og derfor formastede sig til at efterlade en halvspist kåldolmer på sin tallerken.

Det var først flere år efter, at en af os en dag så, at kåldolmerne var blevet overdrysset med noget underligt agurkeudskrab, som ingen havde hørt om

før, og så måtte vi være klar over, at noget måtte være sket. Det viste sig da også ret hurtigt, at - - - - - - - - -

(fortsættes måske på et senere tidspunkt, hvis der ellers er interesse for det blandt andre end de allermest faste læsere, der sluger alting råt, for i denne fortsættelse bliver der ikke kun serveret råt for usødet, men også adskilligt andet af en meget grovere karakter).

Men hele sommeren igennem var det i hvert fald sådan, at først når vi tre drenge havde spist vores kåldolmere og derpå vores dessert, der altid smagte væsentligt bedre end kåldolmerne, selv om hverken gjorde os stærkere eller klogere, og havde slikket tallerknerne rene for de sidste rester af desserten, hvad vi aldrig fik lov til derhjemme – først da fik vi lov til at løbe over og lege drengene efter pigerne med dem på nabogården.

Det skete kun en enkelt gang, at en af os blev sendt hjem før tiden, og det havde, efter hvad vi fik fortalt, ikke noget at gøre med kåldolmerne. Så vi vidste i hvert fald, at det hverken var fordi Orla havde spist

af kongens kåldolmere, eller fordi han ikke havde villet spise kongens kåldolmere, at han blev forvist fra dette sommerparadis. Det var sandsynligvis, fordi der var sket noget endnu mere alvorligt, uden at vi dog forstod, hvad det drejede sig om, fordi det altid kun blev udtrykt i så forblommede vendinger, så det lige så godt kunne have været det rene, skøre, uforståelige volapyk. Derfor er jeg desværre heller ikke i stand til at fortælle læserne, hvad denne tilsyneladende majestætsfornærmelse så bestod i. hvilket jeg naturligvis beklager, ikke mindst fordi jeg er meget nysgerrig efter selv at vide det.

Efterårsblæsten fejede ned gennem den tomme, nøgne allé

Hun havde tit gået ned gennem alleen

Ofte om søndagen, ofte om sommeren

Nogle gange sammen med andre

Nogle gange sammen med en enkelt anden

Nogle gange var det begyndelsen til noget

Andre gange var det bare tidsfordriv

Hun vidste ikke helt, hvorfor hun var så glad for den allé

Hun plejede tit at tage de mennesker hun lærte at kende med på en tur ned gennem den lange allé

Ikke lige med det samme

Ikke lige efter hun havde mødt dem

Men når hun havde kendt dem et stykke tid

Og de var begyndt at lære hinanden at kende

De fleste af dem der betød noget havde hun slæbt med på turen

Det var næsten som et lille ritual

Det skete selvfølgelig også, at hun gik turen alene

Især når det var efterår, og blæsten fejede ned gennem alleen

KASTET FOR HUNDENE

København, 2018

Det er første juledag. Charlotte bor på en ungdomspension. Men det er ikke der, hun er nu. Hun er på vej fra en S-togs-station til en lejlighed, hvor hun skal holde jul. Den jul, der blev holdt i går aftes på ungdomspensionen med de få tilbageblevne og et par pædagoger, giver hun ikke fem potter pis for. Det er det her, der gælder. Det hun er på vej til.

Hun har ikke særlig meget kontakt med nogen af sine forældre. Det er snart mange år siden, de blev skilt. Men selvfølgelig kan hun da huske sin far. Ingen tvivl om det. Ham glemmer hun vist aldrig. Han har været syg længe, og er død et par dage før jul. Han skal vist begraves 2. juledag, altså dagen efter. Selv om det er over 10 år siden, de blev skilt, vil hendes mor gerne have, at hun kommer til begravelsen og får sagt ordentligt farvel til ham. Men hendes mor mener så meget om alting.

Hun har tit haft det svært med sin mor og de mænd, hun flyttede sammen med efter skilsmissen. Der har været nogle stykker. Fire faktisk. Altså de mere faste, der ligefrem flyttede ind og mere eller mindre troede de kunne lege far for hende. Den seneste, der hedder Søren, er den, der har holdt længst. Foreløbig omkring fire år. Hun er ikke særlig vild med sin mors smag i mænd. Hun synes det er nogle underlige typer, hun falder for. Hun forstår ikke helt hvorfor, men hun har haft problemer med dem alle sammen. Den ene efter den anden. Også med sin far, dengang, han stadig var gift med hendes mor. Og også senere, efter skilsmissen. De seneste 3-4 år har hun undgået at have mere kontakt med ham end absolut nødvendigt. Hvilket endda var mere, end hun selv ville have valgt.

Hun har det som regel meget godt, når hun er alene sammen med sin mor. Det er i hvert fald til at håndtere, selv om det også godt kan slå gnister nogle gange. Men så snart der kommer en mand ind i billedet, så er det, som om det hele krakelerer og bliver noget helt andet. Men hendes mor var helt vild efter at finde en ny mand efter skilsmissen. Og nu er hun så på nummer fire efter far. Charlotte bliver altid uvenner med dem over et eller andet. Hvorfor kan de ikke bare blande sig uden om og lade hendes mor være. Det er da okay, hvis mor har nogle kærester, som hun kan muntre sig lidt med, men hvorfor skal de absolut flytte ind og bo der?

Det er nok også en af grundene til, at hun havnede på den der ungdomspension. Det var også der, hun var juleaften. Altså i går. Hun ville da godt holde jul sammen med mor, også selv om de måske kom til at skændes lidt ind imellem, det hørte jo ligesom med. Men ikke sammen med ham der Søren. No way. Absolut ikke. Totalt no go. Der trak hun grænsen. Så hun insisterede på at blive på ungdomspensionen, selv om hendes mor virkede temmelig skuffet. Over halvdelen af de andre var taget hjem til noget familie for at holde jul. Men der var en lille gruppe tilbage, der ikke havde andre steder. Nogle af pædagogerne havde så arrangeret en juleaften, der bare var totalt slatten og ligegyldig. Med al den traditionelle julemad, pyntet op med gran og nisser og alt mulig af samme skuffe. Men for hende var det altså ikke noget, der bare mindede lidt om en rigtig jul. Det var først i dag, første juledag, at det kunne blive rigtig jul. Det var der en særlig grund til. Og det var der, hun var på vej hen nu.

Det var blevet et godt stykke op ad eftermiddagen, før hun havde fundet et godt nok tidspunkt til at stikke af fra ungdomspensionen. Hun var faktisk på springtur. Ikke for at stikke af som sådan. Hun regnede skam med at tage tilbage til ungdomspensionen om et par dage. Til daglig havde hun det såmænd udmærket med at være der. Men hun var nødt til det her. Hun skulle hjem og holde jul. Sådan kaldte hun det. Selv om de fleste andre nok ikke ligefrem ville have kaldt det det. Og det skulle de ikke få lov til at ødelægge for hende. Det havde hun set frem til så længe. De ville garanteret ikke have givet hende lov til det, hvis hun havde spurgt dem om det. Hun havde trods alt flere års indgående kendskab til den slags mennesker, der arbejder sådan et sted. Hun var blevet ret dygtig til at forudse deres reaktioner på næsten alt. Det her ville de ikke have tilladt. Ikke hvis de vidste, hvor hun skulle hen. Men det her skulle ingen få lov til at stå i vejen for. Det havde været aftalt i lang tid. I al hemmelighed, naturligvis.

Hun var kommet lidt senere af sted, end hun havde regnet med. Der var et godt stykke vej at gå fra S-togs-stationen. Hun satte farten op. Men pludselig standsede hun. Den kirke, der lå derhenne, var jo der, hvor hendes far skulle begraves i morgen. Akkurat som hun havde set på kortet. Så lå han nok allerede parat i kisten og det hele. Hun tog et fast greb om kniven i sin lomme. Mon der var nogen i kirken nu, her sidst på eftermiddagen? Mon ikke de var gået hjem for at holde fyraften ligesom de fleste andre, hvis ikke der var noget særligt på programmet. Men så var der vel også låst? Hun gik hen og tog i døren. Nej, den var søreme ikke låst.

Forsigtig lukkede hun den tunge dør op. Der var helt stille. Det lød ikke, som om der var nogen. Med faste skridt gik hun ind i kirkerummet. Der var ikke nogen. Og der stod kisten. Pyntet med blomster, parat til bisættelsen i morgen.

Pludselig fik hun travlt med at komme ud af kirken igen. Heldigvis var der ikke nogen, der så hende, før hun var ude på fortovet og gik roligt af sted, som om intet var sket. Der var nogen, der ventede på hende, og hun var allerede sent på den. Hun satte farten op. Der var stadig et stykke vej at gå.

Hun mærkede efter, om hun havde nøglen i lommen. Det havde hun. Bare den nu stadig passede. Men først skulle hun ind i trappeopgangen. Der var heldigvis ikke nogen dørtelefon. Ind i opgangen og op til første sal. Louise sad og ventede på trappen. Hun var lidt sur, fordi hun havde siddet og ventet en hel time. Hun var bange for, at Charlotte slet ikke kom. At hun var blevet forhindret i at tage af sted. At det ikke var lykkedes hende at slippe væk fra ungdomspensionen. Det blev et varmt gensyn. De fortsatte op til tredje sal, hvor lejligheden var. Nøglen passede stadig, men der skulle lirkes lidt. Men så gik den op og de gik ind og så sig om i lejligheden. De fandt en flaske vin og tog en slurk hver. Så fandt de nogle glas og satte sig ved et bord. Det var længe siden, de havde set hinanden. Der var meget, der skulle fortælles.

Charlotte og Louise var veninder. Nære veninder. De følte det som om de havde kendt hinanden altid. De havde gået i børnehave sammen. Og i skole. De var startet i skole samtidig, i den samme O. klasse. De havde fulgtes ad hele vejen op gennem skolen. Havde været klassekammerater og siddet ved siden af hinanden. De boede i samme kvarter, lige i nærheden af hinanden – dengang de stadig boede hjemme. De havde begge to haft problemer. Men af lidt forskellig slags. Det mente socialkontoret i hvert fald. Og så var de blevet skilt ad og anbragt på hver sin institution. Charlotte på en ungdomspension i Københavns omegn, og Louise et sted langt ude på landet helt ovre i Sønderjylland. Så hun havde haft den mest besværlige rejse. Men selv om de boede i hver sin ende af landet, så havde de stadig lidt kontakt, pr. tlf. og brev og sms, hvad der nu lige kunne lade sig gøre. Selv om de ansatte på de steder, hvor de var anbragt, vist ikke brød sig om det. De mente vist, at de havde en dårlig indflydelse på hinanden. Men det var trods alt lykkedes de to at få denne her aftale om at holde jul på plads, uden at pædagogerne havde opdaget noget om det. De havde jo deres små tricks til at kommunikere, uden at det blev opdaget. Det var over et år siden, de havde været sammen. Nu var de kommet hjem til jul. I en fremmed lejlighed, de havde lånt, men sammen med hinanden. Det var det, der betød noget.

Charlotte havde plyndret ungdomspensionens køleskab for nogle af de mange rester af gårsdagens julemad. Nu skulle det lige varmes. De fandt noget mere vin i et skab og dækkede bord. De snakkede om alt muligt. De parodierede pædagogerne på hver deres institution.. Senere på aftenen, da de havde drukket et par flasker mere, talte de lidt mere om det, og hun blev alvorlig og sagde hvordan det rigtigt havde været, og det bragte dem bare tættere sammen. De talte videre om en hel del forskellige ting, og da de havde sagt det meste af det, de foreløbig ville, tændte de for fjernsynet. Det var en eller anden obskur tv-kanal, som ingen af dem kendte, men de ville lige se, hvad det var, og så blev de hængende.